SV

D1936151

Tankred Dorst

Fernando Krapp hat mir diesen Brief geschrieben

Ein Versuch
über die Wahrheit

Mitarbeit
Ursula Ehler

Suhrkamp Verlag

Nach der Erzählung
»Nada menos que todo un hombre«
von Miguel de Unamuno

Erste Auflage 1992
© Suhrkamp Verlag Frankfurt am Main 1992
Alle Rechte vorbehalten, insbesondere das der Aufführung durch Berufs- und Laienbühnen, des öffentlichen Vortrags, der Verfilmung und Übertragung durch Rundfunk und Fernsehen, auch einzelner Ausschnitte.
Das Recht der Aufführung oder Sendung ist nur vom Suhrkamp Verlag, Lindenstraße 29-35, 6000 Frankfurt am Main, zu erwerben.
Den Bühnen und Vereinen gegenüber als Manuskript gedruckt.
Druck: Wagner GmbH, Nördlingen
Printed in Germany

Fernando Krapp hat mir diesen Brief geschrieben

Personen

FERNANDO KRAPP
JULIA
DER GRAF
DER VATER
IRRENÄRZTE

1

Julia. Der Vater.

JULIA

Fernando Krapp hat mir diesen Brief geschrieben.

Sie streckt ihrem Vater den Brief hin.

DER VATER

tut erstaunt: So?

JULIA

Lies ihn!

DER VATER

Was hast du ihm denn geantwortet?

JULIA

ungeduldig: Lies ihn!

DER VATER

Er ist ein sehr begehrter Mann, es wird überall von ihm geredet, seitdem er mit diesem Riesenvermögen aus Amerika gekommen ist. Manche junge Mädchenblüte wäre froh, einen Brief von ihm zu bekommen, – jede!

JULIA

Lies!

DER VATER

Ach, der Brief ist doch an dich gerichtet, es genügt, wenn du mir sagst, was drinsteht. Du hast ihn ja schon gelesen.

JULIA

Er ist kurz.

DER VATER

Er macht keine Umschweife, er ist ein sehr energischer Mann. Das kann ich schon an der Schrift sehen.

JULIA

liest vor: »Wertes Fräulein . . .«

DER VATER

»Wertes Fräulein«, schreibt er? Ohne Umschweife, ohne Floskel.

JULIA

liest vor: »Man hat mir gesagt, Sie seien die schönste Frau in der Stadt, in der ich mich seit kurzer Zeit niedergelassen habe. Ich habe Sie mir angesehen, als Sie mit Ihrem Vater im Park spazierengingen.«

DER VATER

Ach, hat er uns da gesehen?

JULIA

liest vor: »Es ist richtig. Sie sind die Schönste. Ich werde Sie heiraten. Fernando Krapp.«

DER VATER

Er geht forsch auf sein Ziel los. Ein fester Charakter.

JULIA

Wie lange waren wir am Samstag im Park?

DER VATER

Oh, ich weiß es nicht mehr.

JULIA

Ich wollte nach Hause, aber ich mußte noch

zweimal die Allee auf und ab gehen – du wolltest es!

DER VATER

Frische Luft ist doch gesund. Du hockst zuviel zu Hause, liest und hängst deinen Phantasien nach.

JULIA

Du hast alles mit ihm abgemacht!

Sie wirft ihm den Brief ins Gesicht.

DER VATER

Bitte, Julia, mein Schätzchen, sage mir, was hast du ihm geantwortet?

JULIA

Ha!

DER VATER

Ich glaube nicht, daß du ihm »Ha« geantwortet hast. Ich weiß doch, daß du eine sehr gewandte, phantasievolle Briefschreiberin bist!

JULIA

Ich sage dir, was ich Fernando Krapp geschrieben habe: »Mein Herr, ich entnehme Ihrem Brief, daß Sie mich meinem Vater abgekauft haben. Wieviel hat er verlangt für jedes Pfund von meinem Fleisch? Welchen Preis also pro Kilo Lebendgewicht? Und waren Sie gleich mit dem geforderten Preis einverstanden oder haben Sie versucht, ihn herunterzuhandeln? Ich sehe vor mir, wie sich das Gesicht meines Vaters ängstlich zusammenzieht, wie seine Lippe zittert, und rollt nicht sogar eine Träne über seine blaugeäderte Backe? Nur weil Sie zögern, den verlangten Preis zu zahlen! Aber Sie wissen, daß Sie den armen Mann in der Hand haben, er ist so verschuldet, daß er die Ware um jeden Preis verkaufen muß.«

DER VATER

jammernd: Du machst nur Spaß, du machst nur Spaß, Julia!

JULIA

»Oder haben Sie ein zufälliges Lächeln von mir aufgefangen, als Sie mich beobachtet haben, und das war Ihnen ein paar Tausender zusätzlich wert, die haben Sie noch freiwillig draufgelegt? Ich versichere Ihnen, mein Herr, ich habe regelmäßige Zähne und hübsche Ohrläppchen, ganz zu schweigen von anderen Dingen, die die Schicklichkeit verbietet, unverhüllt herzuzeigen. Wenn Sie aber im Haus meines Vaters, des Verkäufers, erscheinen, mögen Sie die Ware besichtigen, ehe Sie die endgültige Summe in den Vertrag setzen.«

DER VATER

entsetzt: Julia!

JULIA

Ist das nicht in deinem Sinne geschrieben, Vater? Ich dachte es.

DER VATER

Du bist grausam, machst dich lustig über meine blaugeäderten Backen ... So nah bin ich am Tod, ja, am Tod, aus Sorge um dich!

JULIA

Jammere nicht! Sonst kriege ich Kopfweh! Und schwarze Augenringe – das mindert womöglich die Kaufsumme.

DER VATER

Du armes Kind, du mußt doch einsehen, wie gefährdet du bist, wenn ich mich nicht um deine Zukunft kümmere! Du bist zwar schön wie ein Gedanke Gottes, ja, so schön bist du, aber in deinem Kopf hast du sonderbare Gedanken, daß ich mich ängstige. Die Leute stößt du vor den Kopf mit deinen bizarren Einfällen!

JULIA

Einfälle?

DER VATER

Welche Frau beantwortet den Heiratsantrag eines so reichen und angesehenen Mannes mit solchen Frechheiten. Ich muß mich anstrengen, die Sache wieder in Ordnung zu bringen.

JULIA

Mußt du nicht.

DER VATER

Bizarre Einfälle! Einen armen Studenten, der nichts hat und nichts ist, den du kaum kennst, den forderst du einfach auf: Entführe mich! Das nenne ich bizarr. Und er, er sagt in seinem Schrecken: ja, gut, das mache ich! Aber wovon sollen wir dann leben? Und du? Was sagst du darauf?

JULIA

Na, was denn?

DER VATER

»Wir bringen uns gemeinsam um«, hast du gesagt.

JULIA

Das kannst du gar nicht wissen!

DER VATER

Ich weiß es. Jeder weiß es. Er hat es jedem erzählt, der arme, verwirrte Junge. Die ganze Stadt weiß es. Und er ist ja auch nicht wiedergekommen! Er hat sich gedacht: Sterben will ich nicht.

JULIA

Ein dummer Schwätzer!

DER VATER

Hör mal, wer will den sterben, Schätzchen? Niemand will sterben, auch ich nicht. Man will sein Glück machen, hofft auf ein Schnäppchen. Sieh doch deinen alten Vater an! Er lacht, gibt die Hoffnung nicht auf, obwohl er, gelinde gesagt, nicht liquide ist, momentan!

Schnippt mit den Fingern, grinst.

JULIA

Hör mit dem Schnippen auf!

DER VATER

Tatsächlich, ich schnippe! Eine dumme Angewohnheit von mir. – Wenn Fernando Krapp womöglich abspringt, weil du ihm diesen unverschämten Brief geschrieben hast! Dann hänge ich mich auf!

Er geht weg.

2

Julia. Fernando Krapp.

FERNANDO KRAPP

kommt: Sie haben mir einen Brief geschrieben, er hat mir sehr gefallen!

JULIA

Das sollte er nicht.

FERNANDO KRAPP

Ich sehe aus diesem Brief, daß wir uns gut verstehen werden.

JULIA

Ihr Brief hat mir aber nicht gefallen.

FERNANDO KRAPP

Es ist allgemein bekannt, daß Fernando Krapp alles erreicht, was er sich vornimmt. Sie sind die schönste Frau der Stadt und wahrscheinlich des ganzen Landes. Ich will Sie heiraten. Hier bin ich.

Julia sitzt lange stumm und bewegungslos.

FERNANDO KRAPP

Ihr Schweigen scheint ihn zu beunruhigen. Nach einiger Zeit geht er zu ihr hin, betrachtet sie.

Sachlich: Ist dir nicht gut?

JULIA

Doch ... es ist alles in Ordnung.

FERNANDO KRAPP

Aber du zitterst, sehe ich.

JULIA

Es ist kalt ... es ist ziemlich kalt hier.

FERNANDO KRAPP

Du irrst dich, es ist warm.

JULIA

Tatsächlich?

FERNANDO KRAPP

Aus Angst zitterst du!

JULIA

Wovor denn Angst?

FERNANDO KRAPP

Vor mir.

JULIA

Warum muß ich denn Angst vor Ihnen haben? Nein, bestimmt nicht!

FERNANDO KRAPP

Doch, du hast Angst vor mir.

Julia bricht in Tränen aus.

FERNANDO KRAPP

sieht ihr ruhig zu. Nach einiger Zeit: Bin ich denn ein Ungeheuer? Nimm mal die Hände vom Gesicht! Sieh mich an! – Nur meine Feinde fürchten mich.

JULIA

Ich werde verkauft!

FERNANDO KRAPP

So? Wer sagt das?

JULIA

Ich sage es! – Was bleibt denn meinem armen

Vater übrig – er ist bankrott und muß ins Gefängnis. Aber ehe die Polizei ihn abholt, ehe er sich mit Handschellen durch das Spalier der Neugierigen zerren läßt, ehe das mit ihm passiert, hängt er sich auf. Das weiß ich.

FERNANDO KRAPP

Alles nicht nötig.

JULIA

Sie mit Ihrem vielen Geld, zeigen Sie es nur überall her, Ihr Geld! Machen Sie die Brieftasche auf, schwenken Sie die Scheine, werfen Sie sie vom Balkon auf die Leute, daß sie sich alle danach bücken und am Boden kriechen, um noch einen aus dem Dreck zu klauben!

FERNANDO KRAPP

Dein Vater war bester Laune. Ich habe alles geregelt, alles bezahlt.

JULIA

Alles bezahlt?

FERNANDO KRAPP

Ja. Wieviel war es denn? Ich habe die Summe vergessen.

JULIA

So, Sie haben uns bereits aufgekauft, wir leben jetzt schon von Ihrem Geld? So?

Sie reißt sich das Halstuch ab.

Dieses Tuch, das mir mein Vater gestern mitbrachte, das ist also schon von Ihrem Geld bezahlt? – Und die Schuhe? – Auch die Schuhe!

Sie zieht ihre Schuhe aus, wirft sie Fernando Krapp an den Kopf.

FERNANDO KRAPP

Ich sehe jetzt, Julia, du hast sehr hübsche Füße.

JULIA

Nie kriegen Sie mich! Nie, nie! Nur wenn ich tot bin!

FERNANDO KRAPP

Aber du liebst mich, Julia. Jetzt schon liebst du mich! Deshalb wirst du mich heiraten.

JULIA

Gekauft! Eingekauft!

FERNANDO KRAPP

Du denkst, ich habe das Geld und du bist die Ware.

JULIA

schreit: Ja, ja!

FERNANDO KRAPP

Ich habe deinem Vater keine Bedingungen gestellt, als ich ihm das Geld gab. Keine Forderungen. – Du willst mich nicht lieben? Aber das ist unmöglich! Mich nicht lieben, das ist unmöglich!

Langes Schweigen. Julia weint. Schweigen.

JULIA

leise: Machen Sie mit mir, was Sie wollen.

FERNANDO KRAPP

Was meinst du damit? Was sagst du da?

JULIA

Ich weiß nicht ... ich weiß nicht, was ich sage.

FERNANDO KRAPP

Was heißt das: ich soll mit dir machen, was ich will?

JULIA

Es heißt ... ich weiß nicht ...

FERNANDO KRAPP

Ich will mir nicht eine Nutte kaufen – »gekauft« – Unsinn! – Es ist eine Liebesheirat! Du liebst mich, deshalb weinst du! Du fängst an, es zu begreifen.

JULIA

Sie heiratet ihn.

3

Julia. Fernando Krapp.

JULIA

Was bist du für ein Mann?

FERNANDO KRAPP

Wie soll ich sein? Ich bin ich, Fernando Krapp.

JULIA

Immer sagst du das. Nie sprichst du über deine Vergangenheit. Nichts weiß ich über deine Eltern.

FERNANDO KRAPP

Ich habe keine Eltern. Meine Familie beginnt mit mir. Ich habe mich selber gemacht.

JULIA

Sieh mal meine Hände an.

FERNANDO KRAPP

Schmale, elegante Finger.

JULIA

Die habe ich von meiner Mutter.

FERNANDO KRAPP

Unversehens können sie sich manchmal zu kleinen, harten, wütenden Fäusten zusammenziehen. Das amüsiert mich.

JULIA

Ja, es stimmt, wenn ich über etwas nachdenke, mache ich eine Faust.

FERNANDO KRAPP

Und ehe du in mein Zimmer trittst, klopfst du nicht, wie andere, mit dem Fingerknöchel an, sondern du klimperst mit den Fingernägeln auf dem Holz.

JULIA

Wie meine Großmutter! Die hat es so gemacht. Und die schöne Nase habe ich von meinem Vater.

FERNANDO KRAPP

Das interessiert mich nicht. Sie ist schön, sie ist einmalig.

JULIA

Die Phantasie habe ich von meiner Mutter. Die Lust am Phantasieren liegt in ihrer Familie. Von einer Tante wird erzählt, daß sie niemals den Fuß über die Schwelle ihres Hauses gesetzt hat und immer sagte: warum soll ich denn hinausgehen, ich kann mir alles im Kopf vorstellen, das ist viel interessanter. – Und von wem hast denn du deine Nase, Fernando, und das Kinn mit der Kerbe, das mir so gut gefällt?

FERNANDO KRAPP

Das gefällt dir!

JULIA

Erinnerst du dich gar nicht an deine Kindheit?

FERNANDO KRAPP

Kindheit interessiert mich nicht. Ich bin, wie ich sein will.

Schweigen.

JULIA

vorsichtig: Ich möchte dich doch noch etwas fragen, Fernando. Aber ich habe nicht den Mut dazu.

FERNANDO KRAPP

Warum denn nicht? Ich werde dich nicht auffressen. Ich war noch nie beleidigt, was immer du gesagt hast. Das weißt du doch!

JULIA

Ich beklage mich ja nicht.

FERNANDO KRAPP

Das fehlt noch, daß du dich beklagst!

JULIA

Nein, ich beklage mich bestimmt nicht, aber ...

FERNANDO KRAPP

Los, dann frage, und Schluß damit!

JULIA

Ich frage lieber nicht ...

FERNANDO KRAPP

Frage! Ich will, daß du fragst!

JULIA

Also, dann frage ich: Stimmt es, daß du schon einmal verheiratet warst?

FERNANDO KRAPP

runzelt die Stirn: Ja.

JULIA

Und deine erste Frau?

FERNANDO KRAPP

Sie ist seit Jahren tot. Ich war Witwer, als ich dich heiratete. *mißtrauisch:* Man hat dir wohl etwas erzählt?

JULIA

Nein, aber ... ach, nichts.

FERNANDO KRAPP

Man hat dir etwas erzählt – sag doch!

JULIA

Nun ja – ich habe etwas Bestimmtes gehört.

FERNANDO KRAPP

Und du hast es geglaubt?

JULIA

Nein, geglaubt habe ich es nicht.

FERNANDO KRAPP

Natürlich nicht! Das durftest du nicht! Das konntest du nicht!

JULIA

Nein, bestimmt nicht, ich habe es nicht geglaubt.

FERNANDO KRAPP

Das ist ganz natürlich! Wer mich so liebt und so ganz mein ist wie du, kann diese dicke Lüge nicht glauben.

JULIA

Ja, ich liebe dich! – Ich wünsche mir nur eins.

FERNANDO KRAPP

Wünsche dir alles!

JULIA

Ach – wenn du das doch ein einziges Mal auch zu mir sagen würdest!

FERNANDO KRAPP

»Mein Herzchen, mein Schätzchen, meine Süße, Liebling ...« – ich soll so etwas sagen? So überflüssige, alberne Worte? Das kommt im Roman vor, ich weiß schon, daß du gern Bücher gelesen hast.

JULIA

Die lese ich immer noch gern.

FERNANDO KRAPP

Lies nur, lies nur! Soviel du Lust hast! Ich lasse einen Pavillon bauen, hinten im Garten bei den Rosenhecken. Ich bringe dir alle Bücher dorthin, die seit Adam und Eva geschrieben worden sind.

JULIA

Wie schön!

FERNANDO KRAPP

Je weniger man davon spricht, daß man sich liebt, um so besser.

JULIA

Ach, Fernando.

FERNANDO KRAPP

Was hat man dir erzählt? Daß ich in Mexiko verheiratet war, in meiner Jugend?

JULIA

Wie sah sie aus?

FERNANDO KRAPP

Mit einer sehr reichen Frau, die älter war als ich, mit einer ältlichen Millionärin. Ja?

JULIA

Ja.

FERNANDO KRAPP

Und man hat dir gesagt, ich habe sie gezwungen, ihr Testament aufzusetzen und mich als ihren Universalerben zu bestimmen, und dann hätte ich sie umgebracht. Hat man so etwas gesagt?

JULIA

Du hättest sie im Bett erstickt. Mit deinem Hut, hat man sogar gesagt.

FERNANDO KRAPP

Und du hast es geglaubt?

JULIA

Nein, bestimmt nicht!

FERNANDO KRAPP

Mit meinem Hut! Mit meinem Hut!

Er schwenkt seinen Hut.

JULIA

Ich kann mir nicht vorstellen, daß du jemals deine Frau umbringen könntest.

FERNANDO KRAPP

Ich sehe, du hast mehr Verstand, als ich dachte. Warum hätte ich meine Frau töten sollen, eine Sache, die mir gehört?

JULIA

spricht emotionslos nach: »Warum hätte ich meine Frau töten sollen, eine Sache, die mir gehört.«

FERNANDO KRAPP

Bist du ein Papagei? Warum sprichst du mir nach, was ich sage?

JULIA

Ich weiß es nicht.

FERNANDO KRAPP

Warum hätte ich das machen sollen, ihr Geld hatte ich doch schon und ihre Kupferminen hatte ich auch schon. Warum also die eigene Frau umbringen? Das wäre völlig unnötig gewesen.

JULIA

Und doch werden Frauen von ihren Männern umgebracht.

FERNANDO KRAPP

Mag sein, mag sein. Was geht mich das an.

JULIA

Aus Eifersucht zum Beispiel. Oder aus Rache, weil die Frau einen Liebhaber hat.

FERNANDO KRAPP

Dummköpfe sind eifersüchtig, impotente aufgeregte Narren, die haben auch Grund dazu! Aber ich ... ich weiß nicht, was das ist: Eifersucht. Ein Gefühl ... muß ein merkwürdiges Gefühl sein ... ich weiß nicht, was man da fühlt. Mich betrügt meine Frau nicht, meine erste Frau hat es nicht gekonnt und du auch nicht, und keine!

JULIA

Sprich nicht so, laß uns über etwas anderes reden . . .

FERNANDO KRAPP

Warum denn?

JULIA

Es tut mir weh, wenn du so mit mir redest. Es ist mir, wie wenn du mich verdächtigen würdest. Das bedrückt mich.

FERNANDO KRAPP

Das Thema belustigt mich eher.

JULIA

Als ob es mir jemals auch nur im Traum eingefallen wäre, dich zu betrügen!

FERNANDO KRAPP

Aber das weiß ich doch, das sage ich ja!

JULIA

Niemals!

FERNANDO KRAPP

Es ist dir gar nicht möglich, ich weiß das. Du kannst mich nicht betrügen. – Die erste Frau starb dann. Ich brauchte sie nicht zu töten. Nun weißt du alles, Julia.

JULIA

Ja.

Schweigen

FERNANDO KRAPP

Du hast nervöse Stimmungen.

JULIA

Es geht mir gut.

FERNANDO KRAPP

Deine Augenlider sind geschwollen, zeig mal!

JULIA

Fernando ...

FERNANDO KRAPP

Jetzt, wie ich dich ansehe, hast du deine Augen geschlossen. Denkst du noch immer an die dumme Geschichte? Ich habe dir alles erklärt, und du hast alles verstanden.

JULIA

Ich bin schwanger.

FERNANDO KRAPP

Ja – ich habe es erwartet. Jetzt habe ich den Erben, ich werde aus meinem Sohn einen Mann machen wie ich.

JULIA

Wir wissen nicht, ob es ein Sohn ist oder eine Tochter.

FERNANDO KRAPP

Es ist ein Sohn, ich weiß es.

JULIA

Wenn es ein Mädchen ist?

FERNANDO KRAPP

Nein, es ist ein Sohn!

JULIA

Sie bekamen das Kind. Es war ein Sohn.

FERNANDO KRAPP

Was für ein herrliches Kind hast du mir geschenkt!

JULIA

Warum küßt du dein Kind nicht? Du hast ihm so große Geschenke bei seiner Geburt gemacht und Geld verteilt unter die Leute, und mich hast du beschenkt, daß ich glaubte, du freust dich sehr über deinen Sohn, und nun willst du ihn nie in die Arme nehmen und küssen.

FERNANDO KRAPP

Die Küsserei und das Getue ist den Kindern nur lästig. Ich warte, bis er mich verstehen kann, wenn ich mit ihm spreche. Viel habe ich ihm dann zu sagen.

JULIA

Ich spreche die ganze Zeit mit ihm, mit meinen Händen und mit meinen Küssen.

4

Julia. Fernando Krapp.

FERNANDO KRAPP

War dieser Graf wieder da?

JULIA

Dieser Graf? Welchen Grafen meinst du denn?

FERNANDO KRAPP

Na, dieser da, der neuerdings kommt. Einer von diesen unnützen Herumschwätzern. Schwätzt herum, ist aber noch nicht mal imstande, sein Familienpalais zu reparieren. Das Dach fällt ein, die Fensterläden hängen herunter, das pompöse Portal ist mit Stacheldraht versperrt, er muß durch die Hintertür rein und raus. Ich hab's mir angesehen, es wurde mir auch schon angeboten, auf Abbruch.

JULIA

Ja, »dieser« war hier.

FERNANDO KRAPP

Wenn es dir Spaß macht, immerzu. Dann ist er wenigstens nicht ganz unnütz, dieser Hampelmann.

JULIA

pikiert: Er ist jedenfalls sehr höflich und liebenswürdig.

FERNANDO KRAPP

Höflich, aber ein Hampelmann.

JULIA

Und er ist sehr gebildet. Schreibt auch.

FERNANDO KRAPP

Meinetwegen gebildet, aber ein Hampelmann.

JULIA

Er hat schon Gedichte geschrieben.

FERNANDO KRAPP

Gedichte. – Das paßt!

JULIA

Und man kann sich wunderbar mit ihm unterhalten, er kennt sich in der Literatur sehr gut aus und auch sonst.

FERNANDO KRAPP

Um so besser, wenn er dich amüsiert –

JULIA

Amüsieren ist nicht das richtige Wort. Er ist sehr unglücklich.

FERNANDO KRAPP

Ach, er macht sich ein bißchen interessant – er leidet! Hat er nicht schon ein Gedicht über seine Leiden verfaßt und dir heimlich zugesteckt? Unter die Kaffeetasse geschoben? So wenige Menschen verstehen seinen Schmerz, er muß getröstet werden, man muß Verständnis haben.

JULIA

Ja. Er ist sehr sensibel.

FERNANDO KRAPP

Sehr! Tröste ihn, sprich mit ihm über seine interessanten psychologischen Probleme.

JULIA

Du siehst ihn falsch. Er ist wirklich ein besonderer Mensch. Und seine geheime Wunde ist, daß seine Frau ihn hintergeht.

FERNANDO KRAPP

Na, »geheim«! Das weiß doch jeder! Das ist die Nummer, mit der er überall hausieren geht, weil er hofft, damit bei den Damen anzukommen.

JULIA

Ich kann nicht verstehen, daß eine Frau ihrem Mann so etwas antut, ihn öffentlich blamiert.

FERNANDO KRAPP

Ich verstehe es sehr gut! Weil er ein Hampelmann ist! Wahrscheinlich hat sie ihn nur wegen des Grafentitels geheiratet und langweilt sich jetzt mit ihm zu Tode. Mit mir könnte das eine Frau nicht machen.

JULIA

nach einem Zögern: Und wenn sie es so machte? Wie ginge das weiter?

FERNANDO KRAPP

Dummheiten! Ich bin doch kein Fortsetzungsroman! Dummheiten! Unser Leben ist kein Phantasiegebilde, über das du mit diesem Grafen interessante Gespräche führen kannst, es ist ganz normal. Und wenn du denkst, daß du mich eifersüchtig machst, dann irrst du dich! Mit solchen Spielen zu kommen! Mir! Amüsiere dich meinetwegen mit diesem Hampelmann! Es hat nichts zu bedeuten!

JULIA

beiseite: Macht er sich wirklich gar keine Gedanken darüber, daß der Graf so oft zu mir kommt, daß wir im Pavillon sitzen, ganze Nachmittage, und miteinander plaudern? Er ist so gleichgültig? Liebt er mich? Liebt er mich nicht? Die Frage peinigt mich.

zu Fernando Krapp: Wir sind morgen bei ihm eingeladen.

FERNANDO KRAPP

Was soll ich dort?

JULIA

Zum Tee. – Willst du nicht mitkommen?

FERNANDO KRAPP

Teestunde! Nein. Ich trinke Tee nur, wenn ich Bauchschmerzen habe. Geh nur allein, tröste den Grafen. Wahrscheinlich ist die Gräfin mit ihrem Kerl, mit dem, der gerade an der Reihe ist, auch dabei. Eine moderne Ehe! Interessant! Geh nur!

5

Julia. Der Graf.

DER GRAF

bekümmert: Es ist wie in einer banalen Posse. Madame hat ein Hemdchen an, nur ein Hemdchen, und geht zwischen Schlafzimmer und Salon hin und her, hüpft geradezu. Und trällert. Warum trällerst du denn unaufhörlich? Ich trällere, weil ich allein bin und die Sonne durchs Fenster scheint. Zwei Teller, zwei Gläser. Für wen? Für dich! Eine frische Melone. Aber ein Stück ist schon abgebissen. Ach ja! Wie komisch! Da höre ich halbersticktes Niesen. Was das wirklich im Schrank? Als ob ich die Krawatte wechseln wollte, öffne ich den Schrank. Niemand da. Soll ich unter dem Bett nachsehen? Soll ich mich so weit erniedrigen und an dieser Posse teilnehmen? Mit einem Ruck die Portiere zurückreißen, um in ein dummes, grinsendes Männergesicht zu sehen, ein mir unbekanntes, oder ist es vielleicht mein bester Freund, oder der Postbote oder der Tennislehrer? Ich könnte den Liebhaber aus dem Fenster werfen und sie auf die Straße treiben. Sie erhofft sich das, sie liebt den Skandal, die Aufregung, das Geschrei. Aber ich sage nichts, ich fliehe. Ich tauge nicht für eine ordinäre Posse.

JULIA

Wie sind Sie nur in dieses Unglück hineingeraten!

DER GRAF

Warum ich diese Frau geheiratet habe, wollen Sie fragen?

JULIA

Ja, warum?

DER GRAF

Verurteilen Sie mich!

JULIA

Sie war sicher sehr attraktiv?

DER GRAF

Ja, und sie ist es noch. Darauf kam es mir aber nicht an. Sie war vollkommen unverbildet, das gefiel mir. Ein Naturwesen! Sie wußte nichts, und ich dachte, ich könnte ihr alles von Grund auf beibringen. Ich glaubte, ich könnte sie erwecken, ihren Geist bilden und ihre Seele empfindlich machen. Ich stellte mir vor, ich könnte ihr gewissermaßen Leben einhauchen, Interessen in ihr wecken, von denen sie vorher nichts ahnte, ihr Herz erwärmen für die Wunder der Musik, die Schönheit der Sprache, vielleicht sogar der Philosophie. Das glaubte ich wirklich!

JULIA

Pygmalion!

DER GRAF

Bis ich entdeckt habe: ihre schöne Naivität war nur Stumpfheit, ihre Heiterkeit war Operettentralala.

JULIA

Sie tun mir leid, lieber Graf.

DER GRAF

Ich, der ich unter Banalität so sehr leide!

JULIA

Eine so schreckliche Täuschung.

DER GRAF

Meine Seele ist zu Tode erschöpft. Aber ich beklage mich nicht, ich habe kein Recht dazu. Ich hätte wissen müssen, daß es Menschen gibt, die, selber unempfindlich, ihre eigene Gefühllosigkeit wohl als Mangel empfinden und deshalb das Bedürfnis, vielleicht sogar Lust daran haben, andere zu quälen, um an deren Schmerz ihr kaltes Herz zu wärmen.

JULIA

Ach lieber Graf, wie klug Sie alles durchschauen.

DER GRAF

Der Lebensschmerz schenkt Einsichten und Erkenntnisse, die dem selbstzufrieden Glücklichen verschlossen sind. Lesen Sie Leopardi, lesen Sie Dichter, die heute unter uns leben und leiden – alle große Poesie schöpft aus einem schmerzlichen Lebensgefühl, aus der Trauer.

JULIA

unvermittelt: Bin ich unglücklich?

DER GRAF

Daß Sie mich das fragen, Julia!

JULIA

Ach, es ist mir nur so durch den Kopf gegangen, vergessen Sie es.

DER GRAF

Ich k a n n meine Gedanken gar nicht von Ihnen abwenden.

JULIA

Was denken Sie denn da alles?

DER GRAF

Manchmal stelle ich mir vor, wir hätten uns kennengelernt, ehe ich mich an diese banale Person gebunden habe, die mir das Leben zur Hölle macht, und ehe Sie ...

JULIA

Das können Sie nicht vergleichen!

DER GRAF

Und doch glaube ich ... aber es ist besser, ich schweige darüber.

JULIA

Sagen Sie es doch! Nun haben Sie mich einmal neugierig gemacht.

DER GRAF

Wenn wir uns damals gesehen und miteinander gesprochen hätten, dann ...

JULIA

Sie wollen sagen, ich hätte mich dann in Sie verliebt?

DER GRAF

Zweifellos!

JULIA

Wie eitel die Männer sind!

DER GRAF

Ich bin nicht eitel.

JULIA

Alle halten sich für unwiderstehlich.

DER GRAF

Oh nein.

JULIA

Sie haben es doch eben selbst gesagt.

DER GRAF

Ich meine es ganz anders.

JULIA

Wie anders? Sagen Sie doch!

DER GRAF

Nicht ich – meine Liebe wäre unwiderstehlich gewesen. Meine Liebe!

JULIA

Oh, das ist ja eine regelrechte Liebeserklärung, Graf! Sie vergessen, daß ich eine verheiratete Frau bin und verliebt in meinen Mann.

DER GRAF

Sie sagen es zwar, aber …

JULIA

Zweifeln Sie daran? Es ist aber so! Er ist ein herrlicher Mann! Voller Energie und Leben! Wenn die Tür aufgeht und er steht da, denke ich: er ist das Leben selbst, und ich muß mich ihm in die Arme werfen.

DER GRAF

Und er?

JULIA

Wie »und er«? So ist er!

DER GRAF

Ich weiß doch ... ich habe gehört ...

JULIA

Daß er mich nicht liebt? Von wem haben Sie so etwas gehört?

DER GRAF

Von Ihnen!

JULIA

Ich habe niemals mit Ihnen über meinen Mann gesprochen!

DER GRAF

Sie haben es mit Ihren Augen gesagt, mit dem Senken Ihres Kopfes, mit einer Handbewegung, mit dem Klang Ihrer Stimme, und mit Ihrem Schweigen.

JULIA

Ach, Sie wollen sagen, ich hätte Sie aufgefordert, mir Liebeserklärungen zu machen? Es war das letzte Mal, daß Sie unser Haus betreten haben!

DER GRAF

Um Gottes willen, Julia!

JULIA

Das letzte Mal, habe ich gesagt!

DER GRAF

Wenn ich nur im Nebenzimmer sein kann! Im Dunkeln meinetwegen, ich höre Ihre Schritte im Salon, und Ihre Stimme höre ich vielleicht, ich schließe die Augen, und hinter meinen geschlossenen Lidern sehe ich Ihr Gesicht, das mir zulächelt.

JULIA

Im Nebenzimmer und im Dunkeln?

DER GRAF

Nur Ihre Nähe! – Was ich eben gesagt habe und was Sie vielleicht erschreckt hat ...

JULIA

Nicht »vielleicht«! Es hat mich erschreckt!

DER GRAF

Sie hielten mein Bekenntnis für eitle Selbstüberschätzung!

JULIA

Ja. Allerdings.

DER GRAF

Furchtbarer Irrtum! Wer bin ich denn? Ein machtloser Schwärmer, nichts weiter. Der alte Name ... Nun gut. Aber was ist das schon? Adel und Familie, das ist kein Verdienst. Eine gewisse Bildung ... nun ja, das sollte selbstverständlich sein, so selbstverständlich wie angenehme Manieren. Eine besondere Sensibilität für das Künstlerische – daß ich die Vollkommenheit einer Linie, eines Klanges, einer Farbnuance geradezu physisch empfinden kann? Zwei Zeilen aus einem Lorca-Gedicht, und es passiert mir, daß ich in Tränen ausbreche, ich kann mich dagegen nicht wehren. Aber das ist natürlich kein Grund für Überheblichkeit. Das ist Stigma. Das macht mich nur einsam. Sehen Sie mich doch an, Julia, nur einen Blick!

JULIA

Nein.

DER GRAF

Sehen Sie da vor sich denn einen einmalig schönen Mann? Lächerlich, das zu glauben! Ich sehe mich im Spiegel und entdecke schon die Schatten der Melancholie, Anzeichen geheimer Zerstörung, die die ehemals ebenmäßigen Züge verändern. Ich erkenne den kleinen Zug von Verbitterung um meinen Mund, den ich gerade noch vor den Blicken anderer verbergen kann. Mein Lächeln ist schmerzhaft. Nichts an mir ist wert, von Ihnen geliebt zu werden, und Sie hätten recht, Ihr Auge von mir abzuwenden, so wie Sie es jetzt tun, wenn es das wäre, was Sie für mich gewinnen soll.

JULIA

Ich weiß nicht, wovon Sie sprechen.

DER GRAF

Von meiner Liebe rede ich, unaufhörlich rede ich von meiner Liebe, von meiner tollkühnen, wahnsinnigen Liebe zu Ihnen. Diese Liebe ist mein Geschenk an Sie, nicht meine unerhebliche Person.

JULIA

hält sich die Ohren zu, flüstert: Gift ... Gift!

DER GRAF

Viele sind unfähig zu lieben. Sie fordern Liebe. Als ob es ein Recht gäbe auf unbegrenzte Liebe und Treue. Ein Mann nimmt sich eine berühmte Schönheit und führt sie vor: Seht meine schöne Frau, seht meine Tigerin! Und führt sie an der Kette vor. Seht, sie gehört mir! Seht, wie sie mir gehorcht! Aber deshalb liebt er die Tigerin nicht etwa, es gefällt ihm nur, sie zu besitzen.

JULIA

Ich will es nicht hören ...

DER GRAF

Wie gut du mir zuhörst ... wie du mir deine Seele öffnest! Ich dringe in dich ein, in deine Seele dringe ich ein.

JULIA

Lassen Sie mich in Ruhe! Wenn er jetzt plötzlich zur Tür hereinkommt ...

DER GRAF

Er kommt nicht! Es liegt ihm nichts an dir! Er läßt uns allein, weil er dich nicht liebt.

JULIA

Er hat großes Vertrauen zu mir.

DER GRAF

Zu sich selber hat er großes Vertrauen! Er glaubt, weil er alles an sich gerafft hat, weil er so viel Geld gemacht hat – ich will nicht wissen, wie! – denkt er gar nicht, daß ihm etwas verlorengehen könnte, was er einmal besitzt. Er hat keine Phantasie dafür, was in der Seele einer Frau vorgeht. Und mich verachtet er wahrscheinlich.

JULIA

Ja! Er verachtet Sie!

DER GRAF

Ich wußte es. Aber er verachtet auch dich!

JULIA

Wollen Sie mich mit Ihren Reden töten?

DER GRAF

Er, er wird dich töten ... Und du bist nicht die erste, die er umgebracht hat.

JULIA

Das ist infam von Ihnen! Sie lügen! Oh, wie Sie lügen! Mein Mann hat diese Frau nicht getötet! – Gehen Sie endlich!

DER GRAF

Der Gedanke ist dir schmerzlich, ich habe dich erschreckt!

JULIA

Gehen Sie!

DER GRAF

Ich verstehe, daß du jetzt allein sein willst. Du wirst nachdenken und mich zurückrufen. Ich lasse dich nicht im Stich.

6

Julia. Fernando Krapp.

FERNANDO KRAPP

kommt: Stell dir vor, was heute passiert ist!

JULIA

Wo denn?

FERNANDO KRAPP

Ich muß es dir erzählen, damit du auch deinen Spaß hast.

JULIA

beunruhigt: Ich höre dir zu.

FERNANDO KRAPP

Weißt du, was ein Duell ist?

JULIA

Selbstverständlich weiß ich das.

FERNANDO KRAPP

Ein Duell, heutzutage! Nervöse Kerlchen auf einer Waldlichtung im Nebel und »wählen Sie die Waffe« und das ganze Brimborium! Das ist nichts für mich!

JULIA

erschrocken: Willst du dich duellieren?

FERNANDO KRAPP

Bist du erschrocken?

JULIA

Ja – sag doch!

FERNANDO KRAPP

Du brauchst keine Angst zu haben! Nicht wahr, du kennst mich doch?

JULIA

Ich weiß nicht, ob ich dich kenne oder nicht kenne.

FERNANDO KRAPP

Oh, ein Orakelspruch! – Keine Angst, mit mir macht man nicht so einen Unsinn: ein Duell! Ich soll mich duellieren? Fernando Krapp? Ich habe die Burschen natürlich weggejagt. »Schickt mir die Rechnung und die Sache ist erledigt!«

JULIA

Was für eine Rechnung denn?

FERNANDO KRAPP

Die Arztrechnung und meinetwegen Schmerzensgeld, und was er will.

JULIA

Wer will?

FERNANDO KRAPP

Aber wenn er unbedingt ein Duell haben will, dann soll er kommen. Dann mache ich das mit Ohrfeigen und Fußtritten.

JULIA

Wer war es denn?

FERNANDO KRAPP

Es war dieser ... ach, jetzt habe ich seinen Namen vergessen, ich habe mir noch nicht mal den Namen gemerkt von dem feinen Herrn.

JULIA
Aber wie ist denn der Streit entstanden?

FERNANDO KRAPP
Er hat einen Witz erzählt.

JULIA
Einen Streit über einen Witz? Das kann ich mir bei dir nicht vorstellen.

FERNANDO KRAPP
Es war ja auch kein Streit. Er hat seinen Witz erzählt, und ich habe ihm das Glas auf den Kopf gehauen.

JULIA
Ja ... war er verletzt?

FERNANDO KRAPP
Es sprang ein bißchen Blut, gerade genug für ein Taschentuch.

JULIA
Ach, wie schrecklich! Hat er dich denn so beleidigt?

FERNANDO KRAPP
Der Witz! Der Witz!
lacht.

JULIA
Erkläre mir doch, ich verstehe die ganze Geschichte nicht.

FERNANDO KRAPP
Er erzählte einen Witz ... irgend so einen Witz über einen Ehemann, der nach Hause kommt, und da findet er im Schlafzimmer ...

so ähnlich. Jedenfalls liegt seine Frau mit einem Mann im Bett und der Ehemann merkt es nicht. Und dann höre ich sagen: Wie Fernando Krapp! – Er sagt, du betrügst mich.

JULIA

Ach! Das hat dich natürlich wütend gemacht.

FERNANDO KRAPP

Kennst du mich wütend? Hast du schon einmal erlebt, daß ich außer Fassung gerate?

JULIA

Nein, nie, wenn du mit mir zusammen bist. Aber in diesem Fall wäre es doch ganz natürlich, wenn du dich aufgeregt hättest.

FERNANDO KRAPP

Ach, es wird so viel geredet.

JULIA

Immerhin hast du ihn ja geschlagen, meinetwegen.

FERNANDO KRAPP

Deinetwegen? Das wäre ja lächerlich! Meinetwegen! Sein Lächeln hat mir nicht gefallen, dieses dünne Lächeln mag ich nicht, bei dem man nicht mal die Zähne sieht.

JULIA

Es sollte mich ja glücklich machen, daß du dir meiner so sicher bist.

FERNANDO KRAPP

Aber ja! Mache dir keine Sorgen!

JULIA

Aber ...

FERNANDO KRAPP

Kein »aber« – die Frau von Fernando Krapp ist glücklich!

JULIA

Ja.

FERNANDO KRAPP

Die Leute sagen mir, ich soll dem Grafen verbieten, mein Haus zu betreten. Was für ein Unsinn! Wenn der Hampelmann dich doch unterhält, wenn er seine zierlichen Sprünge macht! Was ich von ihm halte, spielt keine Rolle. Ich weiß, daß meine Frau vergnügt ist und sich nicht langweilt, wenn ich meinen Geschäften nachgehe. Ein Schoßhündchen! Wirft man das aus dem Fenster? Es könnte jemandem auf den Kopf fallen! – Aber ganz im Ernst: Du würdest den Grafen ja selbst rausschmeißen, wenn er dir gefährlich würde, das heißt, wenn du anfingst, dich für ihn zu interessieren. Daß du ihm gefällst, ist selbstverständlich, du gefällst ja allen.

JULIA

Ich habe ihm schon einmal das Haus verboten, Fernando.

FERNANDO KRAPP

So?

Er stutzt einen Moment.

JULIA

Ja. Aber er kam wieder.

FERNANDO KRAPP

Na also! Das ist ein gutes Zeichen!

JULIA

Wir sehen uns jetzt wieder sehr oft, ein paarmal in der Woche. – *plötzlich heftig:* Du mußt diesen Mann wegschicken, Fernando!

FERNANDO KRAPP

Diesen Mann? – »Mann«?

JULIA

Du mußt ihm dein Haus verbieten! Denn wenn ich mich doch für ihn »interessieren« würde, wie du das nennst ...

FERNANDO KRAPP

Ach Julia, du willst mich eifersüchtig machen! Das hast du dir so ausgedacht, du lebst in einer romantischen Welt, und das verwirrt dir den Kopf! Ich glaube, du solltest ein paar Wochen aufs Land, weg von der Stadt, das tut dir gut. Frische Luft! Und wenn du dich langweilst, lassen wir den Hampelmann kommen, warum denn nicht? Wir fahren morgen.

DER GRAF

Sie reisten am nächsten Tag aufs Land.

7

Julia. Fernando Krapp.

JULIA

Was soll ich denn hier den ganzen Tag machen? Soll ich stundenlang auf die Kühe starren, die da draußen im Gras zwischen den Steinbrocken stehen? Und auf die Hunde, die knurrend an ihrer Kette zerren? Ich höre das Klirren noch, wenn ich nachts mit offenen Augen im Bett liege, nicht schlafen kann. Und die Mägde kreischen den ganzen Tag, mal im Haus, mal bei den Ställen, mal drüben am Wasser, wo sie die Wäsche schlagen. Sie kreischen, wenn einer von den Knechten vorbeikommt. Sie haben Stimmen wie aus Metall, häßlich! Ich fürchte mich, wenn Alfonso, der Halbidiot, hinter mir herrennt und immerzu grinsend seinen Hut zieht.

FERNANDO KRAPP

Deine Nerven sind sehr angegriffen, Julia.

JULIA

Wenn ich wenigstens Bücher hätte oder ein paar Zeitschriften! Ich soll mich mit der Realität beschäftigen, sagst du. Was ich sehe, langweilt mich und stößt mich ab. Wenn ich wenigstens ein Buch hätte! Warum habe ich bloß nicht ein paar mitgenommen!

FERNANDO KRAPP

Habe ich es dir verboten? Du warst einverstanden mit meinem Vorschlag, daß wir uns hier auf dem Land ein wenig zurückziehen.

JULIA

Weil ich wußte, daß du es so wolltest.

FERNANDO KRAPP

Ich verbiete dir doch nichts! Habe ich dir jemals etwas verboten? Ich bin kein Tyrann. Ich verbiete nichts, und ich verlange nichts von dir.

JULIA

Ja. Du verlangst nicht mal, daß ich dich liebe!

FERNANDO KRAPP

Aber Julia! Liebe kann man nicht verlangen! Es gibt Männer, die fordern sie von ihren Frauen, und die Frauen gehen auch auf die Forderung ein. Sie spielen ihren Männern das ganze alberne Theater vor, das man herkömmlicherweise von einer liebenden Frau erwartet: Ein süßer Ton in der Stimme, ein tiefer Blick, endlose und immer wiederholte Beschreibungen von Gefühlen, mal sind sie angeblich schwächer – aber doch nicht ganz verschwunden – manchmal brechen sie angeblich plötzlich hervor, Seufzer, Geflüster, Schwindel! Und ihre Männer glauben es auch noch. Schwindel! – Man kann Liebe nicht verlangen.

JULIA

Aber glaubst du, daß ich dich liebe?

FERNANDO KRAPP

Nicht »ich glaube es«, – es ist so!

JULIA

Es ist so . . . es ist so . . .

FERNANDO KRAPP

Du hast mich damals gesehen. Ich habe mich gezeigt wie ich bin, von Anfang an. Du weißt, was ich bin und wer ich bin. Und deshalb liebst du mich. Es kann gar nicht anders sein . . . Spitzfindigkeiten über dieses Thema kannst du besser mit deinem Seelenfreund begrübeln – nicht mit mir. Laß ihn ruhig kommen.

Schweigen.

JULIA

Glaubst du, ich hätte nicht bemerkt, daß du –

zögert

FERNANDO KRAPP

Nun?

JULIA

Du gehst manchmal nachts zu einer von den Kuhmägden. Zu der dicken! Simona heißt sie! Du hast mit ihr ein Verhältnis angefangen. Das weiß ich!

FERNANDO KRAPP

Ich gab mir auch keine Mühe, es zu verbergen. Unwichtig!

JULIA

Im Pferdestall, hinter der Speisekammertür, in der Besenkammer ...

FERNANDO KRAPP

Toll!

JULIA

Wie schrecklich primitiv das ist!

FERNANDO KRAPP

Primitiv, ja! Ich bin selber auf dem Misthaufen aufgewachsen, vergiß das nicht. Ich habe eine Schwäche dafür. Ein einfaches, sinnliches Tier, schmutzig meinetwegen, ja, schmutzig, das gefällt mir gerade! Ich werfe sie in den Bach, mitsamt den Kleidern, und schrubbe sie ab, und sie legt ihre nassen, dikken Arme um mich und zieht mich ins Wasser, und sie schreit vor Freude, daß es mir fast die Ohren zerreißt.

JULIA

So, das gefällt dir.

FERNANDO KRAPP

Ja, aber was machst du denn für ein Gesicht? Was hat denn das mit dir zu tun? Erkläre mir!

JULIA

Vielleicht ist das schön, ich versuche, mir das vorzustellen. Vielleicht könnte ich auch versuchen, so zu sein wie dein wildes Tier.

FERNANDO KRAPP

Du, Julia? Du doch nicht! Du mußt sein wie

du bist! Du bist schön, du bist anmutig, du bist vollkommen!

JULIA

Und du bist ein Lügner! Es klingt wie eine Liebeserklärung, aber in Wirklichkeit ist es eine Beschimpfung.

FERNANDO KRAPP

Ach, deine überreizten Nerven! Ich dachte schon, es wäre besser geworden.

JULIA

Ein Mann kann alles, glaubst du, ein Mann kann betrügen ...

FERNANDO KRAPP

Wer betrügt denn?

JULIA

schreit: Du!

FERNANDO KRAPP

Julia! Du siehst alles gleich wie in einem Roman. Es ist aber das einfache, normale Leben. Mir liegt doch gar nichts an dem Pummel, auch wenn sie mir gerade gefällt, vielleicht morgen noch, übermorgen nicht mehr.

JULIA

Ach, so denkst du!

FERNANDO KRAPP

Und sie denkt genauso wie ich. Sie will ihren Spaß haben mit mir. – Ich bin immer noch dein Mann, Julia.

JULIA

Das soll heißen, ich bin immer noch deine Frau.

FERNANDO KRAPP

Jetzt wirst du endlich vernünftig.

JULIA

Deine Vernunft steckt mich an, Fernando.

FERNANDO KRAPP

Simona hat ja nur Vorteile von mir. Ich zahle für alles, und mit der Mitgift kriegt sie einen guten Mann. Wenn sie ihm ein Kind mit in die Ehe bringt, kann er sich nur freuen, bei so einem Vater! Ein Mann wie ich!

JULIA

Schweig! Sei still, schweig!

FERNANDO KRAPP

Schade, deine Neurasthenie ist nicht so leicht zu heilen. Wir müssen darauf achten, daß sie nicht schlimmer wird.

JULIA

Du bist kein Mann, Fernando, du bist kein Mann!

FERNANDO KRAPP

spöttisch: Na hör mal, wie kommst du denn darauf?

JULIA

Nein, du bist kein Mann.

FERNANDO KRAPP

Was du für Einfälle hast! Und warum bin ich kein Mann?

JULIA

Das sage ich dir später mal.

FERNANDO KRAPP

Gut. Sage es mir später, oder sage es gar nicht. Behalte es in deinem romantischen Köpfchen.

JULIA

Ich schweige.

Schweigen.

FERNANDO KRAPP

Sag's mir lieber.

JULIA

Ich weiß, daß du mich nicht liebst.

FERNANDO KRAPP

Ach, geht es wieder los damit! Lieben und Nichtlieben, dieses Gerede! Das ist was für deinen Seelenfreund, laß mich damit in Ruhe.

JULIA

Du brauchst nichts zu sagen, ich weiß es auch so – aus allem, wie du bist.

FERNANDO KRAPP

spöttisch: Soll ich dir Rosen bringen?

JULIA

Ach, Rosen! Der ganze Garten ist voll davon! – Du duldest, daß der Graf jederzeit bei uns ein- und ausgeht.

FERNANDO KRAPP

Du bist doch damit einverstanden, darauf kommt es an.

JULIA

Ja, ich bin einverstanden! Ja! Ja! Ja!

FERNANDO KRAPP

Du regst dich schon wieder auf.

JULIA

Warum soll ich nicht einverstanden sein? Er ist mein Geliebter! – Hörst du? Du hast ganz richtig verstanden, er ist mein Geliebter! Ich tu's mit ihm, verstehst du? Nicht so primitiv wie du mit Simona, aber ich sage dir, er ist ein sehr raffinierter Liebhaber!

Fernando Krapp schweigt.

JULIA

Fernando!

FERNANDO KRAPP

Ja.

JULIA

Du hast mir doch den Pavillon gebaut.

FERNANDO KRAPP

Ja.

JULIA

Der Diwan mit der indischen Seidendecke steht da! – Die Jalousie haben wir natürlich heruntergelassen.

Fernando Krapp schweigt.

JULIA

Fernando!

FERNANDO KRAPP

Ja.

JULIA

Ja, ja, ja, ja – das ist alles? Du tötest mich nicht? Du erstickst mich nicht mit deinem Hut wie die andere? Die aus Mexiko?

Schweigen.

Fernando Krapp bricht plötzlich in ein riesiges Gelächter aus.

JULIA

schreit: Hör auf!

FERNANDO KRAPP

hört sofort auf, spricht sehr ruhig: Weder ist es richtig, daß ich meine erste Frau getötet habe, noch ist es richtig, daß der Hampelmann dein Liebhaber ist, dich auch je nur mit einer Fingerspitze berührt hat. Du belügst mich, um mich in Wut zu bringen. Du willst einen Othello aus mir machen. Bin ich aber nicht, Julia! Werde ich niemals sein! Wenn du weiterhin von solchen Phantasien bedrängt wirst und dich immer weniger dagegen wehren kannst, muß ich mir ernste Sorgen machen. Es kommt noch so weit, daß man dich in ein Irrenhaus sperren muß.

JULIA

Du bist ein Feigling!

FERNANDO KRAPP

Mein Haus ist kein Theater! Wir spielen kein Theaterstück!

JULIA

schreit: Feigling! Feigling! Feigling!

Sie weint.

Fernando Krapp geht ab.

DER GRAF

Eine Woche später rief Fernando Krapp seine Frau in sein Arbeitszimmer. Es waren zwei Herren da. Auch Graf Bordavela hat er teuflischerweise hinbestellt.

8

Julia. Fernando Krapp. Der Graf. Zwei Irrenärzte.

FERNANDO KRAPP

Du kennst diese beiden Herren nicht, Julia. Es ist Professor Enrique Alvarez und Professor Doktor Hermannstetter, beide sind Psychiater – Irrenärzte. Koryphäen auf ihrem Gebiet. Professor Alvarez ist Chef der psychiatrischen Abteilung einer der Krankenanstalten, die von meiner Fernando-Krapp-Stiftung finanziert werden. Ich bin stolz darauf, daß sie die modernsten und wissenschaftlich fortschrittlichsten Kliniken des Landes sind.

JULIA

zu dem Grafen: Was machst du denn hier, Juan?

DER GRAF

Ich bin gebeten worden, hierher zu kommen.

FERNANDO KRAPP

Diese beiden Herren werden dich untersuchen und in Behandlung nehmen. Du bist nicht ganz richtig im Kopf, deshalb mußte ich dies veranlassen. In deinen lichten Momenten, Julia, wirst da das einsehen.

JULIA

zum Grafen: Sonst haben wir uns immer woanders getroffen, Juan, dies ist kein hübscher Ort für ein Rendezvous.

DER GRAF

Es beschämt mich.

Er sieht zu Boden.

JULIA

Warum guckst du weg? Sieh mich doch an, Juan! Ich bin es – Julia!

DER GRAF

Ich erkenne Sie wohl, gnädige Frau.

JULIA

Du sprichst doch sonst nicht so förmlich mit mir!

FERNANDO KRAPP

zu den Ärzten: Sie sehen, meine Herren, sie hat noch immer diese fixe Idee im Kopf stekken. Es fing ganz unmerklich an, aber ihr Zustand wurde allmählich schlimmer, so daß mit ihr gar nicht mehr zu reden war. Ich, der Ehemann, konnte nicht mehr vernünftig mit ihr reden! Sie behauptet und versteift sich immer mehr darauf, daß dieser Herr hier – na, wie soll ich sagen?

JULIA

Ja, er ist mein Liebhaber! Es ist richtig, ich gebe es zu! Wenn es nicht so ist, soll e r es sagen!

FERNANDO KRAPP

Sie hören, Herr Graf, was meine Frau behauptet. Helfen Sie der Armen, indem Sie die Wahrheit sagen. Die Fachärzte müssen sich ein Bild machen. Ich muß Sie ganz direkt fragen: Haben Sie jemals intime Beziehungen zu meiner Frau gehabt?

DER GRAF

Aber nein! Nein! Um Gottes willen!

FERNANDO KRAPP

Sehen Sie, meine Herren!

JULIA

Was sagst du da? Du streitest alles ab?

DER GRAF

Ich erinnere mich nicht, jemals ...

JULIA

Du leugnest, was an den Nachmittagen im Pavillon vorgefallen ist? Die langen Nachmittage bis zur Abenddämmerung ... Da lagen wir eng umschlungen auf dem Diwan. Nackt. Und wie du einmal nachts zurückkamst, weil du es nicht aushieltest und ich auch nicht, und du bis zum Morgen bliebst, bis zur letzten Minute, als Fernando von der Reise zurückkehrte und unten im Treppenhaus schon nach mir rief, während du über die Veranda geflüchtet bist. Ein Knopf war dir abgerissen, in der Hast! Von der Hose!

DER GRAF

Gnädige Frau ...

JULIA

Fernando hat ihn gefunden!

FERNANDO KRAPP

Ich habe einen Knopf gefunden? Sehen Sie, meine Herren ...

DER GRAF

Mäßigen Sie sich, gnädige Frau! Kommen Sie zu sich! Bitte!

JULIA

Du siehst mich so entsetzt an, als ob du gar nicht wüßtest, wovon ich spreche!

DER GRAF

Beruhigen Sie sich, bitte!

JULIA

Lüge ich denn?

DER GRAF

Lügen ... ist das falsche Wort.

FERNANDO KRAPP

Dein Zustand ist leider so, daß ...

DER GRAF

Ja, so ist es!

FERNANDO KRAPP

... ist leider so, daß du Wirklichkeit und Einbildung nicht auseinanderhalten kannst. So meinten Sie das doch, Graf?

DER GRAF

Ihre Frau tut mit so leid – was für ein Unglück! Wenn ich ihr nur helfen könnte!

FERNANDO KRAPP

Jammern Sie nicht! Die beiden Doktoren werden ihr helfen, dafür habe ich sie herbestellt. Man kann sich auf sie verlassen.

JULIA

Guten Tag, Herr Professor Alvarez, guten Tag, Herr Doktor Hermannstetter! Eigenartigerweise bemerke ich Sie jetzt erst! Wie schön, daß Sie mir helfen wollen!

FERNANDO KRAPP

klatscht in die Hände: Bravo!

JULIA

Aber Sie können mir nicht helfen. –
zum Grafen: Nur noch eine Frage, Juan! Ich täusche mich doch nicht, daß du immer wieder und dann sehr oft in unser Haus gekommen bist?

DER GRAF

Nein, da täuschen Sie sich nicht, gnädige Frau.

JULIA

Worüber haben wir denn immer geredet? – Laß mich nachdenken. Wir sahen eine Katze an der Mauer springen und haben darüber geredet, ob Tiere, insbesondere Katzen, eine Seele haben, die dann ja auch unsterblich wäre wie die menschliche Seele – darüber haben wir geredet und dann bei verschiedenen Philosophen nachgeschlagen, die Bücherregale durchwühlt ... Zu einem Resultat sind wir, glaube ich, nicht gekommen, oder habe ich das vergessen?

FERNANDO KRAPP

Über eine Katze, ja! Das klingt glaubwürdig.

JULIA

Und auch über das Leben nach dem Tod ... Und habe ich nicht gesagt, mir ist manchmal, als ob ich schon gestorben wäre?

FERNANDO KRAPP

Ach was, hier sitzt du doch, ganz lebendig, Julia! Die Frau des Fernando Krapp.

JULIA

deutet zum Grafen: Und dieser da?

FERNANDO KRAPP

Graf, nun sagen Sie ihr, warum Sie regelmäßig in unser Haus gekommen sind.

DER GRAF

Selbstverständlich aus Freundschaft für Sie, Herr Krapp.

JULIA

Wie, ihr seid Freunde?

FERNANDO KRAPP

Ich habe sein Palais, den verrotteten alten Kasten, vor dem Verfall gerettet, das meint er, nicht wahr?

DER GRAF

Ja.

FERNANDO KRAPP

Meine Frau hat mich drum gebeten, sonst hätte ich es wohl nicht gemacht.

DER GRAF

Selbstverständlich kam ich auch als Bewunderer der gnädigen Frau, mit der ich gelegentlich Konversation machen durfte. Undenkbar, daß ein Bordavela das Vertrauen eines Freundes mißbraucht, um ihn zu betrügen, eines so großzügigen Freundes!

FERNANDO KRAPP

Wie ich? Das wollen Sie sagen?

DER GRAF

Ja, wie Sie.

FERNANDO KRAPP

Was? Sie bilden sich ein, ich habe mit Ihrer Ehrenhaftigkeit gerechnet? Ich müßte mich auf Ihre Moral verlassen? Darauf wäre ich angewiesen? Die ist mir vollkommen egal! Die existiert für mich nicht! Sie drehen Ihre Moral, wie Sie wollen, Sie drehen sie mal so und mal so, wie gerade der Wind weht! So sind Sie! Das weiß ich doch, so sind alle, die nur aus dem Kopf leben und behaupten, sie sind die Inhaber der Weisheit der Welt. Sie könnten von mir aus der gerissenste Gauner sein, ein toller Bursche, nicht die Jammerseele, die ich vor mir sehe – und doch würden Sie mich nicht reinlegen. Fernando Krapp kann man nicht betrügen. Haben Sie mich verstanden? Wollten Sie das sagen?

DER GRAF

Ja ... so ähnlich wollte ich es sagen.

FERNANDO KRAPP

So ähnlich oder genau das?

DER GRAF

Ja, das.

JULIA

schreit los: Und ich bin die Verrückte, ja? Mich sperrt man ins Irrenhaus, weil du Angst hast, die Wahrheit zu sagen, du Feigling! Er hat dich gekauft! Da sehe ich dich am Boden herumkriechen, die Zunge hängt dir heraus und tropft – eine riesige, gierige Zunge! Kriech hin zu ihm, die Zunge will ja seine Füße lecken, so gierig zittert sie! Er wird seine Schuhe schon gleich ausziehen und dir seine schmutzigen Füße hinhalten, die Füße, mit denen er im Stallmist gestanden hat! Leck sie ihm ab! Leck sie ihm ab!

FERNANDO KRAPP

zu den Ärzten: Sie werden Ihre Diagnose schon gestellt haben, meine Herren. Helfen Sie ihr, beginnen Sie mit der Behandlung, tun Sie, was Sie können!

9

Julia. Zwei Irrenärzte.

ERSTER ARZT

Eine entsetzliche Tragödie! Was machen wir denn da? Herr Professor Alvarez?

ZWEITER ARZT

Tja, Herr Doktor Hermannstetter!

ERSTER ARZT

Mit »tja« kommen wir leider nicht weiter, Herr Professor Alvarez.

ZWEITER ARZT

Welche Therapie schlagen Sie vor?

ERSTER ARZT

Und Sie?

ZWEITER ARZT

Dachten Sie, eine Schocktherapie wäre in diesem Fall angebracht?

ERSTER ARZT

ironisch: Tja!

ZWEITER ARZT

Damit sollten wir vorsichtig sein, zumindest nicht gleich damit anfangen. Oder medikamentös?

ERSTER ARZT

Nur ruhigstellen zunächst, das wäre mein Vorschlag.

ZWEITER ARZT

Das brauchen wir nicht, die Patientin ist ganz ruhig! *zu Julia:* Verehrte, gnädige Frau!

Julia rührt sich nicht.

ERSTER ARZT

Sie hört uns nicht.

ZWEITER ARZT

Erschöpft nach dieser Aufregung, was ja gewissermaßen normal ist.

ERSTER ARZT

Völlig!

ZWEITER ARZT

zu Julia: Gnädige Frau!

Julia reagiert nicht.

ERSTER ARZT

Ich habe den Eindruck, Herr Professor Alvarez, wir kommen in diesem Fall zu der gleichen Meinung.

ZWEITER ARZT

Und die wäre?

ERSTER ARZT

Das muß ich Ihnen nicht sagen.

ZWEITER ARZT

Nein. Ich verstehe Sie schon richtig. Wenn die Person nun aber nicht krank ist, dürfen wir sie dann in Verwahrung halten?

ERSTER ARZT

ironisch: Tja.

ZWEITER ARZT

Ich muß Ihnen sagen, da wehrt sich etwas in mir, damit komme ich innerlich nicht zurecht!

ERSTER ARZT

Wir werden es aber müssen.

ZWEITER ARZT

Foltern Sie mich nicht damit!

ERSTER ARZT

Ich foltere Sie? Wie kommen Sie denn darauf? Ich?

ZWEITER ARZT

Es ist schrecklich!

ERSTER ARZT

Ja. Aber wenn wir sie aus der Klinik entlassen, sagen, sie ist gar nicht krank?

ZWEITER ARZT

Schrecklich.

ERSTER ARZT

Dann bringt der Ehemann sie um und diesen Bordavela auch.

ZWEITER ARZT

Ja. Andererseits: Ich habe ein ärztliches Gewissen!

ERSTER ARZT

Sie müssen einsehen, daß wir in diesem Falle ein schlimmeres Verbrechen verhindern.

JULIA

Sie sind kein Arzt!

ERSTER ARZT

Phantastisch! Hören Sie, Herr Professor Alvarez, »ich bin kein Arzt!«

ZWEITER ARZT

Phantastisch! Die Verantwortung wäre uns ja damit genommen!

JULIA

Du bist Othello!

ERSTER ARZT

Ich bin Othello?

JULIA

Ich singe dir was ins Ohr. *Sie singt:* »Das Mägdlein saß singend am Weidenbaum früh«. – Das mußt du doch kennen? Es ist nicht meine Erfindung.

ERSTER ARZT

zum zweiten Arzt: Hören Sie, hören Sie nur!

JULIA

Entschuldigen Sie, ich irre mich! Ich bin wirklich nicht ganz richtig im Kopf. Das zeigt sich ja gerade darin, daß ich Sie für einen Neger gehalten habe! Oh Julia, Julia! Mach deine Augen auf!

Der erste Arzt hat sich zu Julia umgedreht, es ist Fernando Krapp. Er dreht sich wieder weg.

ZWEITER ARZT

Eigentlich müßten wir doch feststellen, daß Fernando Krapp der Verrückte ist! Und wir müßten das laut, mit aller Entschiedenheit sagen!

JULIA

Ich widerspreche! Er ist viel raffinierter als

Othello! Othello ist ein dumpfes Tier, in der entscheidenden Szene stellt sich das heraus, nicht wahr, Juan? – Jetzt schweigst du. Du verleugnest mich. Wir haben doch immer schön miteinander geplaudert im Pavillon! Über psychologische Probleme mit Konjunktivsätzen. Fernando hat sich ganz anders gerächt als Othello! Bin ich denn tot? Er hat mich nicht erstickt – eine Sache, die ihm gehört, würde er niemals beschädigen! Und dich hat er auch nicht umgebracht, Juan, ich sehe dich doch vor mir! Bitte, Herr Professor Alvarez – oder täusche ich mich schon wieder! Zeige dich, du Feigling! Feigling! Feigling!

Der zweite Arzt dreht sich um: es ist der Graf.

ZWEITER ARZT

Graf: Julia! – Meine Verzweiflung ist so groß, Julia! ... Ich habe versucht, ihr Ausdruck zu verleihen, in Form einer ... ich möchte es Elegie nennen. Der Schmerz, der mir die schwarzen, schweren Bilder eingibt, hindert mich doch zugleich daran, sie auf Papier zu bannen ... Ich bin fast zu traurig für Worte, alles ist Schmerz – ich fürchte zu erstarren! Du kennst meine unselige Disposition zu katatonischen Zuständen, Julia ... geliebte Julia – wer versteht mich denn noch, wenn ich dich verliere, nur du ...

JULIA

Du Verräter! Du hast mich preisgegeben! Du bist schuld, daß ich hier eingesperrt worden bin – *schreit:* Im Irrenhaus!

ZWEITER ARZT

Graf: Ach, arme Julia, armes Ich!

ERSTER ARZT

Wenn wir Sie länger hierbehalten, Herr Professor Alvarez, wird sie vielleicht wirklich krank.

JULIA

Herr Professor Alvarez, ich bin zu einer Erkenntnis gekommen und muß sie Ihnen unbedingt mitteilen: diese mexikanische Frau ...

ERSTER ARZT

Wen meinen Sie?

JULIA

Tun Sie doch nicht ahnungslos! Sie haben doch selbst alle Protokolle angelegt und mir vorgelesen! Ich meine die erste Frau meines Mannes in Mexiko. Es ist mir jetzt klargeworden, daß er sie nicht gewaltsam getötet hat, er brauchte sie nicht gewaltsam zu töten! – Ich bin im Zustand des Erwachens. Er brachte sie so weit, daß sie von selber starb.

ERSTER ARZT

Aha!

JULIA

Lieben Sie mich, Herr Professor Alvarez?

ERSTER ARZT

Wie bitte?

JULIA

Alle lieben mich wegen meiner Schönheit. Ich sage Ihnen jetzt, warum ich meinen Mann liebe, warum ich Fernando Krapp liebe. Laufen Sie nicht weg!

Die beiden Ärzte laufen weg.

JULIA

Mit welcher Intelligenz hat er diesen Grafen Bordavela dahin gebracht, daß er sich vor mir in seiner ganzen Erbärmlichkeit zeigen mußte! Ich war blind, ich habe mich selber blind gemacht! Aber er! Er hat mich gerettet. Er hat alles gewußt, alles gesehen und hat seinen teuflischen Plan gemacht. Sagten Sie »teuflisch«, Julia? Ja, so habe ich gesagt, da oben steht das Wort ja noch in der Luft! Ein teuflischer Engel hat mich vor dem Abgrund gerettet. Darum liebe ich ihn! Ich liebe ihn!

10

Julia. Fernando Krapp.
Fernando Krapp kommt.

JULIA

Fernando, verzeih mir!
Sie fällt hin.

FERNANDO KRAPP

Was soll ich dir verzeihen?

JULIA

Ich bin plötzlich hingefallen. Ich bin so schwach, ich bin so lange krank gewesen.

FERNANDO KRAPP

Nein, nein – bleib nicht da liegen. Es ist alles gut.
Er hebt sie auf.

JULIA

Verzeih mir!

FERNANDO KRAPP

Ich habe schon von den Ärzten der Anstalt gehört, daß du von deinem psychotischen Zustand befreit bist.

JULIA

Ich war so verrückt! So verrückt! Und was habe ich in meiner Verrücktheit gelogen! Alles nur, um dich eifersüchtig zu machen! Nur deswegen! Glaubst du mir das?

FERNANDO KRAPP

mit äußerster Kälte: Du hast mich einmal gefragt, ob es wahr ist, daß ich meine erste Frau umgebracht habe. Ich habe dich dann gefragt, ob du das glauben könntest. Was hast du mir damals geantwortet?

JULIA

Ich habe gesagt: nein, ich glaube es nicht, ich könnte es niemals glauben.

FERNANDO KRAPP

So sage ich dir heute: So, wie du nicht an diesen Mord geglaubt hast, so wenig habe ich jemals an die Geschichte mit dem Grafen geglaubt.

11

Der Graf.

DER GRAF

liest einen Brief: »... wie Sie vermutlich erfahren haben, Graf Bordavela, ist meine Frau vollkommen geheilt aus dem Irrenhaus entlassen worden. Sie wünscht Sie zu sprechen. Kommen Sie übermorgen, Donnerstag, zu uns, damit wir die Sache zum Abschluß bringen können. Meine Frau bittet Sie, ich bestehe auf Ihrem Erscheinen. Ich bin sicher, daß Sie kommen werden. Sie können sich denken, daß Ihr Nichterscheinen die unangenehmsten Folgen haben kann. Sie kennen mich. Fernando Krapp.«

12

Julia. Fernando Krapp. Der Graf.

FERNANDO KRAPP

Bring doch du uns den Tee herein, Julia! Schicke das Mädchen ruhig weg und auch den Butler, sie können heute freimachen. Den ganzen Abend.

DER GRAF

Tee?

FERNANDO KRAPP

Nein, nein, keine Angst! Ich habe keine Magenbeschwerden, ich bin ganz gesund. Sie lieben doch Teestunden, deshalb Tee! – Sitzen Sie bequem? Sie können ruhig auf dem Diwan Platz nehmen. Julia hat sicher nichts dagegen, Sie auf ihrer schönen indischen Decke zu sehen?

JULIA

Nein, gar nicht.

DER GRAF

Ich sitze sehr gut hier, danke.

Schweigen.

FERNANDO KRAPP

Was für eine angenehme Stille! Nur dieses merkwürdige, zarte Geräusch ... ach, Ihre Tasse klirrt auf dem Unterteller!

Der Graf stellt schnell seine Tasse ab.

FERNANDO KRAPP

Mein Gehör ist besonders empfindlich, entschuldigen Sie. Ich wollte Sie damit nicht in Verlegenheit bringen.

DER GRAF

Aber wieso denn Verlegenheit, nein, nein!

FERNANDO KRAPP

Oh ja! Sie sind ein Geistesmensch, und mich halten Sie für einen groben Kerl – das macht gar nichts. Julia, du hast nur unserem Grafen Tee eingegossen, warum nicht gleich mir? Gieß mir ein, ich will zuerst einen Schluck nehmen, damit der Herr Graf sieht, man kann in meinem Haus alles, was angeboten wird, ohne Angst genießen.

JULIA

Ich weiß doch, Sie nehmen Zucker!

Sie wirft dem Grafen Zucker in den Tee.

FERNANDO KRAPP

Ich lese ja keine Romane, Belletristik und so weiter, nur gelegentlich Zeitungen, Revolverblätter. Da liest man, was im Leben so vorkommt, nicht wahr?

DER GRAF

Ich weiß nicht. Ich kann darüber nicht ...

FERNANDO KRAPP

zu Julia, fröhlich: Da zieht sich sein Gesicht zusammen! Da kann er mir nicht frohen Herzens zustimmen, der Geistesmensch! – Da liest man manchmal von unglaublichen Verbrechen, man wundert sich über die Menschheit. Selbst ich wundere mich, obwohl ich doch die Menschen zu kennen glaube, als Geschäftsmann. Mir kann man doch nichts mehr vormachen, Herr Graf.

DER GRAF

Nein, sicher nicht.

FERNANDO KRAPP

Sie halten mich doch auch für einen Menschen, der zu allem fähig ist!

DER GRAF

Es gibt Grenzen ... es gibt Grenzen ...

FERNANDO KRAPP

Käuflich sind doch alle Menschen, oder etwa nicht?

DER GRAF

Das ... will ich nicht hoffen.

FERNANDO KRAPP

Die einen haben den Geist, die anderen das Geld.

JULIA

Künstlern muß man einiges nachsehen.

FERNANDO KRAPP

Wer redet denn hier von Künstlern? Ach ja, Sie dichten ja zum Zeitvertreib!

DER GRAF

Ich versuche, mich manchmal ... auszudrükken.

FERNANDO KRAPP

Das mache ich doch auch! Ich sage, was ich will.

DER GRAF

Ich meine, in Versen ... in freien Rhythmen.

FERNANDO KRAPP

Machen Sie ruhig weiter! Wenn Sie genügend beieinander haben, lasse ich es mal drucken.

DER GRAF

Das wäre ... eine Ehre für mich.

FERNANDO KRAPP

Ach was – Ehre! Unsinn, Ehre! Sie haben doch niemand, der das Zeug druckt!

DER GRAF

Man hat ein gewisses Interesse gezeigt ... ein Verlag ...

FERNANDO KRAPP

Um so besser! Dann kaufe ich das Zeug auf, und wir stopfen es ... wie viele Exemplare sind es denn? – in Julias Pavillon. Sehr gut! – Na? Glücklich?

DER GRAF

Ich bedanke mich für Ihr Interesse.

FERNANDO KRAPP

Kriminalromane sollten Sie schreiben! Mordgeschichten! Die könnten Sie besser verkaufen.

DER GRAF

Das ist leider nicht mein Genre.

FERNANDO KRAPP

Stellen Sie sich vor, neulich habe ich über einen Ehemann gelesen, der dem Liebhaber seiner Frau zuerst die Gurgel durchgeschnitten hat, den geistsprühenden Kopf vollständig abgetrennt vom Körper.

DER GRAF

Ein Psychopath offenbar . . .

FERNANDO KRAPP

Wie man's nimmt. Er hat den Körper dann zerstückelt, in kleine Würfel geschnitten und den Hühnern verfüttert. Nur den Kopf hat man gefunden.

DER GRAF

Gräßlich!

FERNANDO KRAPP

Er hatte nämlich eine Hühnerfarm. – Und noch eine Geschichte, womit ich Sie allerdings nicht langweilen will . . .

DER GRAF

Nein, nein, gar nicht!

FERNANDO KRAPP

Julia war beeindruckt! Sie liest diese Berichte in den Revolverblättern sonst nicht, das ist auch gut so. Sie soll sich mit schönen Dingen beschäftigen. Mordversuch am Ehemann, es kam alles heraus. Das Ehepaar hat sich aber versöhnt, und sie haben den Liebhaber, ihren Friseur, zum Teufel gejagt. Pointe: Der hat sich aufgehängt.

DER GRAF

Herr Krapp ... ich möchte ...

FERNANDO KRAPP

Ich langweile Sie! Oder werden Sie unruhig, weil Sie immer noch nicht wissen, warum wir Sie hierhergebeten haben? – Julia!

JULIA

Ich habe meinen Mann gebeten, Sie hierherzubestellen, weil ich Sie um Verzeihung bitten muß für die schwere Beleidigung, die ich Ihnen zugefügt habe.

DER GRAF

Aber Julia, ich weiß nicht, was Sie meinen! Sie haben mich niemals gekränkt!

FERNANDO KRAPP

Unmöglich, Graf Bordavela, daß Sie sich über die Situation nicht im klaren sind, ein Geistesmensch wie Sie!

JULIA

Doch, ich habe Sie in eine entsetzliche Situation gebracht. Das tut mir sehr leid.

DER GRAF

Sie verwirren mich ... ich weiß wirklich nicht ...

FERNANDO KRAPP

unterbricht ihn: Vorsicht!

Der Graf, erschrocken, weiß nicht, was er sagen soll.

JULIA

Sie sind so höflich und so taktvoll und wollen mich schonen.

FERNANDO KRAPP

Sie müssen doch begreifen, daß ein Mensch, der einem anderen Schaden zugefügt hat und sich deshalb schuldig fühlt, um Vergebung bitten will.

DER GRAF

Natürlich, Herr Krapp, aber welchen Schaden? Welches Unrecht ist mir denn geschehen?

JULIA

Ich war allerdings krank – mein Gehirn! Deshalb hoffe ich auf Nachsicht.

DER GRAF

Bitte quälen Sie sich nicht, Julia.

JULIA

Nein, ich will sprechen. Ich will all meinen Mut zusammennehmen, alles aussprechen und nichts beschönigen, um mich dann, wenn ich Ihre Verzeihung erlangt habe, wirklich frei zu fühlen.

FERNANDO KRAPP

schroff: Hören Sie endlich zu!

JULIA

In meiner Verrücktheit habe ich behauptet, Sie hätten mir nachgestellt, hätten mir heimlich Anträge gemacht, heiße Beteuerungen ins Ohr geflüstert, und es sei Ihnen gelungen, meine Gefühle immer mehr zu erhitzen.

DER GRAF

Das haben Sie gesagt, Julia?

FERNANDO KRAPP

Ja. Mir! Sehen Sie, jetzt erschrecken Sie doch!

JULIA

Und schließlich hätte ich nachgegeben. Ach, in welchem Zustand war ich, vollkommen verrückt! Wie konnte ich so etwas sagen!

DER GRAF

Ach, es tut mir leid.

FERNANDO KRAPP

Ja, es ist wirklich sehr peinlich für sie.

JULIA

Noch mehr habe ich gesagt! Wir hätten die schamlosesten Dinge getan, sogar hier auf diesem Diwan! Nicht nur einmal, viele Male, immer wieder. Manchmal seien Sie nachts gekommen, wenn mein Mann verreist war. Wie schrecklich, daß ich all das behauptet und Sie in eine so schlimme Situation gebracht habe! Es saß so fest in meinem Kopf. Es tut mir leid, daß Sie sich gefallen lassen mußten, in Gegenwart der Ärzte nach unserem angeblichen Verhältnis befragt zu werden. Das muß ein abscheulicher Moment für Sie gewesen sein. Und doch! – Verzeihen Sie mir, wenn Sie können, bitte!

Schweigen.

FERNANDO KRAPP

Akzeptieren Sie diese Entschuldigung?

DER GRAF

Ich muß gestehen ...

FERNANDO KRAPP

Ja oder nein?

DER GRAF

Ja – ich verzeihe ihr. Ich verzeihe Ihnen beiden.

FERNANDO KRAPP

grob: Achten Sie darauf, was Sie sagen! Mir haben Sie nichts zu verzeihen.

DER GRAF

Nein. Das ist wahr.

FERNANDO KRAPP

Sie sind so aufgeregt, beruhigen Sie sich doch! Nun ist alles im reinen. – Siehst du, Julia, es war gut so.

zu dem Grafen: Es entspricht nicht meinem gradlinigen Charakter, unliebsame Dinge zu vertuschen.

JULIA

Ich bin so glücklich, Fernando.

FERNANDO KRAPP

Sollten Sie sich jedoch dazu verleiten lassen, die Sache anders darzustellen, Herr Graf ...

DER GRAF

Bestimmt nicht!

FERNANDO KRAPP

Man weiß nicht. Sie treiben sich ja überall herum und reden ... Vielleicht in »freien Rhythmen« ... Das rate ich Ihnen nicht. Sie kennen mich.

JULIA

Ach, das offene Fenster, da höre ich die Vögel in der Hecke zwitschern!

DER GRAF

Ich glaube ... ich bin nun hier überflüssig ... *will gehen.*

FERNANDO KRAPP

Halt! Ich möchte Sie noch bitten, Graf Bordavela, kommen Sie wieder, und sooft Sie wollen! Auch dann, wenn ich nicht zu Hause bin, das soll Sie nicht stören. Es würde einen sehr schlechten Eindruck machen und zu Gerüchten Anlaß geben, wenn wir die Beziehung plötzlich abbrächen. Nicht wahr, Julia?

JULIA

Ja, Fernando.

FERNANDO KRAPP

Wahrscheinlich habt ihr einander noch etwas zu sagen ... unter vier Augen – was ihr nicht aussprechen wollt, solange ich da bin. Ich verlasse euch.

Er geht ab.

13

Julia. Der Graf.
Julia und der Graf sitzen schweigend da. Der Graf sieht besorgt nach der Tür.

JULIA
Blicken Sie nicht immer nach der Tür!

DER GRAF
flüstert: Ob er horcht?

JULIA
Sie brauchen nicht zu flüstern.

DER GRAF
Mir blieb momentan die Stimme weg.

JULIA
Fernando Krapp lauert doch nicht hinter der Tür und horcht, was wir uns sagen!

DER GRAF
Nun, nach allem, was vorgefallen ist …

JULIA
Wirklich, Juan, Sie brauchen sich nicht zu beunruhigen.

DER GRAF
Ich mich nicht beunruhigen? Julia! Ich weiß nicht mehr, wer ich bin! Wenn Sie nicht hier säßen und zu mir sagen würden: Juan – mich ansprechen würden: Juan!, mit diesem Namen, den ich kenne, den ich mit einer Person verbinde, Juan Graf Bordavela – eine Person, die ich zu kennen glaubte – ich wüßte nicht …

Julia lächelt.

DER GRAF

Ich habe eine Erinnerung an diese Person. Nicht, daß ich sie besonders bewundert oder in allen ihren Charakterzügen geschätzt hätte, das nicht! Aber sie war mir doch nicht ekelhaft. Aber jetzt, Julia – ich bin mir ekelhaft, ich ekle mich vor mir! *Er weint.* Sie sehen doch, was aus mir geworden ist, aus diesem Menschen, den Sie geliebt haben.

Julia schweigt.

DER GRAF

Mich überwältigt die Trauer.

JULIA

Nein, Juan.

DER GRAF

Sie haben noch Hoffnung? Können Sie nach diesem Schauspiel von Häßlichkeit und Lüge und Verleumdung noch glauben, daß wir zu uns selbst zurückfänden? Daß unsere reinen Empfindungen einmal wieder lebendig werden? Nach dieser grauenhaften Szene!

JULIA

Welche Szene denn, Juan?

DER GRAF

Ich sehe mich da stehen, erbärmlich und wehrlos, die beiden Ärzte als Zeugen, die ja genau verstanden haben, was gespielt wurde, wie ich gezwungen wurde, Sie zu verleugnen – diese grauenhafte Szene, wo ich so tief gedemütigt wurde – und Sie auch.

JULIA

Armer Juan!

DER GRAF

Ich dachte, wir könnten uns nie wieder vor die Augen treten.

JULIA

Das dachten Sie?

DER GRAF

Wie ungeheuer stark Sie sind, wie stark!

JULIA

Ja. Durch meine Liebe.

DER GRAF

Sie – schenken mir das Leben zurück! Die Hoffnung! Alles!

JULIA

Wie war ich dumm! Und nun endlich verstehe ich alles, die Irrtümer, die Verwirrung ist von mir abgefallen.

DER GRAF

Wenn er aber doch hinter der Tür zuhörte! Daß Sie, Julia, Sie mich um Verzeihung bitten mußten!

JULIA

Es war mir ganz selbstverständlich.

DER GRAF

Julia – jetzt verstehe ich dich nicht.

JULIA

Es war doch ganz in Ihrem Sinn, denke ich? Sie haben damals bekannt, daß die ganze Liebesaffäre eine Täuschung von mir war, und ich habe mich nun endlich dafür entschuldigt. Sie hatten recht, Sie brauchen sich nicht zu beunruhigen.

DER GRAF

Aber Julia! Wollen Sie denn auch jetzt, wo wir allein sind und niemand uns zur Unwahrheit zwingt, ableugnen, daß Sie meine Gefühle kannten, daß Sie sie erwidert haben, daß Sie meine Geliebte waren?

JULIA

Bitte hören Sie auf damit.

DER GRAF

Aber ich weiß es doch! Ich weiß es doch!

JULIA

Es scheint Ihnen so, mein lieber Juan. Das macht Sie verrückt.

Sie lacht.

Der Graf rennt weg.

FERNANDO KRAPP

Fernando Krapp war der Sieger. Selbstverständlich. Sie liebte ihn mit aller Kraft ihres Herzens. Dann kam der Tod und nahm sie. Er nahm zuerst ihre Schönheit. Dann ihren Mut. Dann ihren Atem.

14

Julia. Fernando Krapp.

FERNANDO KRAPP

Du hast das Haarkämmchen aus der Hand fallen lassen.

JULIA

flüstert: Ach, ich hab's gar nicht gemerkt.

FERNANDO KRAPP

Es ist ja auch nur ein leichtes Ding, biegt sich schon, wenn ich hinfasse.

JULIA

flüstert: Gib's mir.

FERNANDO KRAPP

Steht mir auch! Ich kann damit meine Stirnlocke bändigen.

JULIA

flüstert: Ja.

FERNANDO KRAPP

Du lachst nicht. – Ich kann auch noch Gesichter dazu schneiden! – Alter Affe ... sieh doch! Oder: ein Löwe brüllt ...! Mir fallen nur Tiere ein. Es gäbe doch Grimassen von Menschen genug! Denk nur an den grinsenden Alfonso, vor dem du dich immer fürchtest! Doktor Hermannstetter hat mir von einem Verrückten erzählt, der durch die Straße lief und alle Mienen, jeden Gesichtsausdruck, den er sah, aufnahm und sich einprägte –

zwanghaft! Dann versteckte er sich im dunklen Hausflur und machte sie alle hastig nach, um sie loszuwerden, wie einer der ein verdorbenes Essen wieder auskotzt. Stell dir das bloß vor! – Hier hast du dein Kämmchen.

JULIA

flüstert: Ich kann es nicht leiden, wenn mir das Haar ins Gesicht fällt.

FERNANDO KRAPP

Du sollst einen anderen haben, mit Brillanten besetzt.

JULIA

flüstert: Ich sterbe, Fernando.

FERNANDO KRAPP

Nein, nein, nein! – Rede keinen Unsinn! Du weißt, ich kann so was nicht leiden.

JULIA

flüstert: Sieh mir nur ins Gesicht.

FERNANDO KRAPP

schreit: Du stirbst nicht! Das kann nicht sein! Du gehörst mir! Ich geb dich nicht her! Keinem geb ich dich! Auch nicht dem Tod, dem verdammten Gauner!

JULIA

flüstert: O wie du mich liebst! Sag es! Sag es!

FERNANDO KRAPP

Du weißt es doch!

JULIA

flüstert: Nie hast du es ausgesprochen, nicht

ein einziges Mal! Vielleicht gibt es mir die Lebenskraft zurück.

FERNANDO KRAPP

Da brachen auf einmal die Bande von seinem Herzen, und er redete zum ersten Mal über seine Liebe zu Julia, er konnte nicht aufhören, er weinte dabei, schrie und schluchzte. Er packte ihren schwachen, verlöschenden Körper, preßte ihn an sich. Er legte sich zu ihr auf das Bett und wiederholte immerzu: Nimm mein Leben! Nimm mein Leben! Nimm mein Blut! Ich lasse dich nicht dem Tod!

JULIA

flüstert: Du weinst. Aber ich bin glücklich.

FERNANDO KRAPP

So starb sie. Nach Tagen hat man die Tür aufgebrochen, man fand Fernando mit Julia. Die tote Frau muß er aus dem Bett gehoben und fast bis zur Tür getragen haben. Dort ist er mit ihr hingefallen. Erst dann hat er sich die Adern aufgeschnitten. So ist er gestorben, ohne sie aus den Armen zu lassen.